El niño azul

Canción tradicional ilustrada
por Chad Thompson

Niño azul

ven a sonar tu trompeta.

Las ovejas están en el prado.

La vaca está
en la milpa.

¿Dónde está el niño que vigila las ovejas?

Está dormido bajo el montón de paja.

¿Lo vas a despertar?

Ni hablar.

Si lo hago,
él seguro llorará.